舞蹈的节奏

李金昆 著

北京时代华文书局

图书在版编目（CIP）数据

舞蹈的节奏 / 李金昆著. -- 北京 : 北京时代华文书局, 2021.6
ISBN 978-7-5699-4187-6

Ⅰ. ①舞… Ⅱ. ①李… Ⅲ. ①诗集－中国－当代 Ⅳ. ①I227

中国版本图书馆CIP数据核字（2021）第097843号

舞蹈的节奏

WUDAO DE JIEZOU

著　　者 | 李金昆

出 版 人 | 陈　涛
选题策划 | 许日春
责任编辑 | 石乃月
封面设计 | 孙丽莉
内文设计 | 王艾迪
责任印制 | 訾　敬

出版发行 | 北京时代华文书局 http://www.bjsdsj.com.cn
北京市东城区安定门外大街136号皇城国际大厦A座8楼
邮编：100011　电话：010－64267955　64267677
印　　刷 | 三河市兴博印务有限公司　0316-5166530
（如发现印装质量问题，请与印刷厂联系调换）
开　　本 | 880mm×1230mm　1/32　印　　张 | 4　字　　数 | 40千字
版　　次 | 2021年6月第1版　印　　次 | 2021年6月第1次印刷
书　　号 | ISBN 978-7-5699-4187-6
定　　价 | 38.00元

目录

内部与外部 / 001
栖息 / 002
童年印记 / 003
夜 / 004
在秋天 / 005
回到 / 008
穿过 / 010
在师范旧址 / 012
秋日笔记 / 014
西行记 / 016
离开 / 019
风吼叫着 / 020
告别的方式 / 022
嗜好 / 023
犹如长短句 / 024

钟表不是时间 / 025
偶然的存在 / 026
你变得陌生 / 028
在低处 / 030
岁月做了什么 / 032
舞蹈节奏 / 033
完美的秋夜 / 035
成熟 / 037
冬天带给了我们什么 / 038
我站在自己上头 / 039
在操场上 / 040
低成一朵睡莲 / 042
补偿之物 / 043
版本 / 044
在这一年里 / 045
尾声 / 047
注脚 / 048
我不责备 / 049
致古树 / 051
“你老了！” / 053
创造 / 055

闰四月 / 057
父亲节 / 058
方形石块建造成圆形建筑 / 059
夜色伸展开羽翼 / 061
我看见 / 063
站在山顶 / 065
保存方式 / 066
旧房址 / 067
身份的改变 / 069
时光值得珍惜 / 071
米沃什 / 073
世界妙趣无限 / 075
八位女士 / 077
拍照 / 079
蹩脚的谱曲者 / 080
幸福时刻 / 082
纬度的不同 / 083
幻想的行家 / 085
无法完美 / 087
名字 / 089
你似乎时常思索 / 091

白鹭 / 092
等待 / 093
在海边 / 095
在光中 / 097
自卑 / 099
生活仍在继续 / 101
眼睛 / 103
倾听 / 104
快乐的方法 / 105
秩序 / 106
梦 / 107
看似 / 108
河流 / 110
在一次闪光中 / 112
80年代 / 114
发明 / 116
旅途上 / 118
生活 / 120

后记 / 121

内部与外部

你看不到我的内部
只能看到我衣服包裹的外部
以及裸露的僵硬的脸庞

我的外部一直是完整的
而内部有时发生塌陷
比如在似曾相识的风景中

栖 息

我想在那儿栖息

像一只土拨鼠独来独往

与自己说话

间或与一棵树、一株草低语

并在晨曦中

倾听鸟的鸣啭

从树叶滑落

承载寂静的重负

童年印记

“你有没有童年？”

我们在公园里相遇

你突然问我

我已记不清

我只记得：玉米饼，母亲手缝的粗布衣

还有土坯房，与我同岁的一棵枣树

我不记得是否顽皮

我只记得看到父亲因青黄不接

阴沉着脸

我像大人一样心怀愁绪

夜

案头上几本装帧精美的
哲人的书籍
等待我去翻阅

窗外无垠的星空
闪烁着宝蓝色的光

不远处城市的一角
灯火通明
人们在那里尽享夜生活

在秋天

1

几片悬铃木枯黄的叶子

悄然飘落在覆盖着露水的草丛上

风比黎明还冷静

不可逆转的日光

固有的运行轨迹

我什么也改变不了

甚至我自己

除了把忧伤作为问题

或不作为问题

除了日渐衰老的生命

2

秋天临近，果实渐次成熟

天空将纯净如洗，云朵轻盈而上升

天将降雨，雨中将弥漫着衰草的气息

澄澈的阳光，会用手触及我的额头

秋天临近，回忆我祖父的时候

就像一位画家画一幅秋景图

整个画面朦朦胧胧

只有一只小船清晰可见

泊在岸边

永远凝固在那里

我就是这样回忆我的祖父

3

秋深了

在黄河尾间，青草已经枯干

又一次，你可以领略原野的空旷了

东风已回到东方

像一艘船离开码头航行到目的地

静寂间，你又一次可以听见秋声

沛然而至

又一次秋季，并以往的秋季

在你体内堆积

你像一座行走的堆满杂物的仓库

回到

我回到一条旧街道——

没有拆除，还是老样子

回到学生时代，书本、诗歌、烦恼、渴望

回到青春期，它像降下的一场暴雨

强阳光下，它蒸发掉了

回到空空的黑色的店铺

里面没有了年轻的女售货员

回到早已歇业的照相馆

我的那张梳着分头的照片弄丢了

回到回不去的岁月——

岁月，先是给予，后又拿走

回到我不忠实地爱过的小城

忘却和记得的一切

穿过

我们穿过开阔的湿地

蔓生的野大豆、齐腰的苦苦菜、一望无际的芦苇

星星般的蓝色、黄色的小花在风中摇曳

我们向纵深穿过

穿过原始的野性

我们在巨大的苍穹下

东方白鹳的叫声重重地落在草丛里

一行白鹭在静寂的水面飞起

我们穿过

在明亮的日子里

在自然与思想之间

在师范旧址

我们亲手建造的
透明的梦的宫殿在哪儿——

我们长着褶皱的嘴巴说
我们岁月的褶皱

青春自逃离了我们
再也没有回来

那时我的眼睛像先知

透过教室的窗户

看到一大片天空

诗歌——一条看不见的路

带我到最远的地方

秋日笔记

1

一只小鸟啄食一枚柿子
——秋天所剩之物
十月藏在野草里

2

我登上一座小山
在傍晚时分
巨大的苍穹无限展开
在无边的秋色之上

3

面向衰亡的微笑——

向阳山坡上

一片黄色的和紫色的小花盛开着

西行记

1　面纱

沙丘的移动

沙子掩埋得更深或更浅些

胡杨树永不移动

一千年挺立在这里

它是唯一通向

古代事件的线索

漠上风起时

我仿佛听到蒙古人的马蹄声

商旅的驼铃声

扬起的风尘

像面纱

2 青海湖

假如你蓝得像海

我将夸大我的血液

假如你广阔得像高山草甸

我将腾空我的身体

在前往你的路上

我如是想

可当来到你身边时

除了如梦如幻的湛蓝

什么都忘记了

甚至你的名字

甚至我身在何处

离开

离开旅行地时
我掇拾记忆如掇拾衣物

某些夜晚，我或许记起
山峦的绿，山谷的风
青海湖的水

这些记忆不知能存留多久
而灵魂一直存留在
道道褶皱里

风吼叫着

风吼叫着

大声告诉我们“冬天来了”

画面切换

当我们并不情愿之时

我厌倦冬天的风

用生硬冰冷的手指

触摸我的脸颊

雪是唯一期待的温柔之物

可是这个冬天或许没有雪

关闭所有的窗户

等待下一个季节打开

下一个季节或许将来迟

当我们并不情愿之时

告别的方式

菊花脑与秋天告别的方式
在山坡上开出细碎的黄花
就像一个人站在山坡上
向渐行渐远的恋人
挥动一截树枝

我以我的方式告别
踩着秋天的脚印
登上香山
让穿过银杏树枝叶的透明的阳光
踩着我的额头

嗜好

嗜酒的人

未喝酒时手会发抖

喝上几口

又恢复正常

我就像这样

直到啜饮下孤独

灵魂又安静如初

犹如长短句

犹如诗的长短句
太阳从升起到落下的时间
长些或短些

而昼短得不能再短了
而夜有足够的时间
让树叶飘零

钟表不是时间

钟表不是时间

身体不是爱

太阳不是燃烧的石头

季节不是生长或消逝

名藏于名之中

犹如天鹅“鸣唱时，真理

则通过其中”

偶然的存在

人愈老，愈感到人是偶然的存在

偶然地出生在世上

偶然地遇到许多人和事

你是个幸运的人

你有你需要的一切

除非你没有的

你不在意时光给予的又收去

除非你在意时

你只有通过重新定义偶然

才发现紧接着偶然而来的偶然

你可以超越爱而进入爱

你必须忘却季节才看到秋天——

一缕清风给脸庞，一叶斑斓给眼睛

一些慰藉给心

你变得陌生

你变得陌生

仿佛从不熟悉你

你把世界弄得先后没有秩序

将重要的事看成不重要的事

偏爱写诗的荒谬

你试图从所见之物身上

敲出可能性的裂隙

你把时光抱在怀里

尽管不曾剩下一丝一缕

你像晚来的海潮

在黄昏里闪着幽暗的光

你忘记了哭泣

即使在整个人瘫倒在内心之时

你不在意别人对你的定义

当别人把你当作一个名词来诠释

内心的一丝颤抖

你却激动莫名

在几十年熟悉之后

你变得陌生

在低处

我在低处

大海比我更低

除非它掀起风暴潮时

我躺在海边

和大海一样的海拔

赤碱蓬、柽柳、芦苇

从我身体之上

升入天空

那条大河

跃过拦门沙后

把自己放低、放低

汇入宽阔的湛蓝

这里一马平川

我久已习惯于大地的表面

岁月做了什么

岁月对你做了什么?

你的青春新鲜，旺盛

青涩变成了甜美

岁月对我做了什么?

我的面部松弛，眼睛僵硬

我仍将赞美

嘴巴大张

大张得像山的峡谷

舞蹈节奏

人们快乐与忧伤交替

在欣喜时哭泣

却在痛苦时发出笑声

同一场雨洒落在幸福的人身上

也洒落在不幸的人身上

一些人在明亮的灯光里聚餐

另一些人在黑暗中独处

这一切造成奇异的舞蹈节奏

有一次我在海上航行

突遇风浪

船被抛至浪尖又抛至浪底

人们前仰后合

——始料不及的舞蹈的节奏

完美的秋夜

多完美的天空

月亮和星星

闪着钻石般的光

多完美的风

掠过悬铃木和开花的木槿

清爽怡人

多完美的蛰鸣

唧唧复唧唧

像美妙的乐曲

唯有我不完美

在这完美的秋夜里

成熟

秋季开始了

我们再一次领略成熟

庄稼和果实渐次成熟

被收割和摘取

囤积或售出

生命的秋季

迫使我们像果子一样成熟：

果肉变甜或变酸，变苦涩

果核变硬

最后被时光之手收去

冬天带给了我们什么

就像偏爱简约的诗人删去
多余的诗句
冬天正吹落黄河口最后的树叶
原野空旷而辽远

冬天带给了我们什么?
雪，芦苇荡栖息的鸟群
冻结而后破裂的浅海的冰
天鹅鸣唱时
海的涛声像花朵一样枯萎

我站在自己上头

你问我渴望什么

我渴望我正在变成的样子

低头愈能看到天空

闭着眼睛愈能望见远方

过去我时常让头脑去看见

让眼睛去记住

我在思索：时间如何浪费及浪费的结果

我站在我自己上头

就像鸟儿站在鸟巢上

在操场上

我曾经和你们一样年轻
在你们出生前

我曾经喜欢梦想
和你们一样大的时候
今夜我们同在一个操场上
分属不同的世界

你们的青春像初降的雪

一样新鲜

我的青春永不回归

像迁徙别处的鸟成为留鸟

我曾经和你们一样年轻

低成一朵睡莲

我低成一朵睡莲

紧贴着水面

漾起的柔细的波纹

微风起时

我的花朵昼开夜合

在光的明暗间

补偿之物

荒芜的冬月偶然也会降临
补偿之物
雨从灰冷的天空飘落
些微的气息
犹如夏季旷野上掠过的青草香

但愿降临另一种补偿之物——雪
我将对着枯草和黑色的树枝
说：“多美呵！”

版本

鸟儿飞落窗前的树丛
又飞去
阳光去了南方的海边
只有冬至日和我在一起

春天将回归
旧的版本或新的版本

在这一年里

我用树皮一样粗糙的歌吟
与房旁花园的匍匐植物交流
虽然它们并不倾听

我进入海棠树的一片叶子
与它一起在阳光和风雨中
摇曳

我在秋天走向宽阔

新的开端总是从

中途开启

我的日子美丽而坚实

犹如沙滩上遗下的海贝

尾声

二九第八天

雪飘落下来

好像一个诗人的心血来潮

落下即消融

犹如所有的日子来临而消失

世界由灰变白

在这旧历年的尾声

注脚

你仿佛不在生活的本身

你是小楷体的注脚

那一行或几行书页下面

读者可忽略的文字

你用时间充实自己

用眼泪溶解眼前的事物

望见前方的路

我不责备

我不责备
明媚炫目的阳光
这不会使我痛苦

我不怨恨
渐渐油亮的石楠树、女贞树
我知道，我的忧伤
不能阻止新绿

在温煦的风中

春天，一如从前那样到来

隔离房里的小姑娘

她看不到这风景

而我身处风景之中

致古树

古嵩山书院内有两株古树，据说树龄越四千年。

我想依靠在
你的沧桑
那像千年冲刷过的河床一样的树干上

我想漫步在
你的年轮之间
那一圈圈的悠远的回声中

我想伫立在

你的静默

那苍郁的荫覆里

“你老了！”

“你老了！”

是的，我的眼睛长在脑袋后面

不用转过头去就能看到过去

穿行于我的生命之中

就像候鸟

在栖息地之间来回迁徙

且不用查找地图

“你老了！”

的确，我要么嗜睡

要么失眠

生活不在别处

也不在梦里

创造

创世纪的智慧被我们留存了下来

我们每天都享受着新的创造

商业巨头不断地挖掘我们

直至我们成为废弃的矿

我们以文明的方式

成为可爱的裸体

仿佛回归伊甸园

虽然我们衣着整齐

我们变成网络中的一个代码

就像用于跟踪研究的珍稀鸟类

科学家在它们的腿上捆绑上一个箍

上面写着英文字母并缀上阿拉伯数字

闰四月

闰四月并未延迟炎热
小花园弥漫着
三叶草和枣花的蜜味

灰绿色尾巴的一只鸟
擦着我的头顶飞过
把尖叫声锲进我的耳鼓

一女子穿着红T恤衫
指望晨跑以留住青春

父亲节

父亲节到了
而父亲永远离开了我

父亲的忌日离父亲节很近
父亲的坟头上还未长出青草

一只鸟儿在我头顶上
啁啾着盘旋
就像我孤单的样子

我不再是个孩子
因为我没有了父亲

方形石块建造成圆形建筑

方形石块建造成圆形建筑
秩序井然的时间带来世界的纷扰

此时在这闷热的房子里
我思索如何我内心隐藏着一个美丽的风景
身体处于观者和景象之间
如何我们追求永恒
永恒淹没一切
就像飞瀑沉入深潭
以及如何我们过去的苦痛
变成人生不可多得的财富

向外瞭望星辰和景色的窗口

如今已被树荫遮蔽

而关于一段早已模糊的记忆

像光线照耀过来

变得清晰

夜色伸展开羽翼

积蓄了一天的热气从地面升起
夜色伸展开羽翼，在这个仲夏的晚上

一位老人戴着口罩在河边散步
看不到他的表情

一位中年人在木制的小亭子里拉二胡
给这个夏夜带来一丝清凉

几位老年妇女坐在长椅上

操着不同的方言

她们的时光倒流回年轻的时代

鸟儿安栖在树丛里

黎明的第一缕光线将把它们唤醒

我看见

旅居到一个新的地方
这里包含着一切都不曾发生的痛苦
且伴有你离开之地所发生之事的回忆

树丛深深地呼吸
弥散着松香的夜晚
我独处的时候看见了我父亲的面容

我看见悬铃木和白蜡树
又落下一层叶子
野菊花开败了

我看见一些熟悉的面庞

他们坐在他们的家里

从电视上关注着外面的事情

我如此孤独所以看见

站在山顶

如此幸福的一日

在耀眼的阳光里，站在山顶

清风习习，一只鸟儿停在松枝上

我新的生活秩序已安排好

就像冬季即将接续秋季

继后春季接续冬季

我的身心虚空而充盈

我像一枚脱离了钟表的表针

重又恢复了它的圆周运动

站在山顶，我望见

远处的山峦起伏，秋色正浓

保存方式

这个冬天用发着冷光的霜雪
在厚积的落叶上
建造它的殿堂
雨变成雪，水结成冰——
冬天保存的方式

那些昆虫蛰伏到土地里
而生活从不停下它的脚步
不论你快乐时或者悲伤时
遗留下一些记忆——
生活保存的方式

旧房址

我家老屋的东邻
曾有四间土坯屋
我的不同族的大娘和她罗锅的小儿子
住在这里
她慈祥而忧郁
说话总是轻声轻语
我上初中时借宿在她家里
她除了照顾小儿子还要照顾我

她很多年前就去世了
她的小儿子在她去世后不久也去世了
空荡荡的房子遂被拆除

在老家为我父亲办理后事时

我站在那房址的近旁

从遥远的过去传来

灶里柴火噼噼啪啪的爆裂声

身份的改变

“物竞天择”

我们从书本上学到的知识

“它拆毁了人与兽之间的栅栏”

它使我们知道人并非是

女娲用泥巴捏成的

虽然我们终将归于泥土

在一个晴朗的日子

我们进入一片葱绿的丛林

树叶和苔藓保持着素有的静默

我们的目光被一只飞飞停停的

蝴蝶吸走

我们的身份改变了——

由游览者变成了我们与记忆之间的

栅栏的建造者以及

我们与石头、红杉树、盛开的花朵之间界限的

拆毁者

时光值得珍惜

我的错误、愚痴所遗留下的后果

我不得不承担

但作为交换

我经历了别人没有经历的东西

我有一些真挚的朋友

他们的友谊是我骄傲的资本

他们总是很好地理解我

而我对他们不能理解得更好

我的情感变得深沉

就像大海由浅至深

而依次呈现浅绿、湛蓝和深蓝

我不过多地去静思默想

因为时光值得珍惜

米沃什

辉煌的秋日
难以形容的多彩的叶簇
醒人的寒冷和多层次的金黄
你就是康州河谷的风景——米沃什

那个时代呼吸在你的《米沃什词典》里
你为那些历史人物和事件登记造册
——以这一永恒的纪念仪式

你的诗歌带我们飞翔

使生活更完整、更充盈

你用镜子折射阳光

你“是一个理想国的居民”——米沃什

世界妙趣无限

好奇心总是引领我们成长

小时候，我们用一小块镜片折射阳光

把一张纸片或一小堆柴草燃着

世界妙趣无限

新鲜的景象不断地向我们展开

就像旅途中经过一个新的转弯

我们所看到的那样

现在它好似一艘船

载我到一个港口

把我像货物一样丢弃在堆场

驶去

八位女士

八位女士，她们在白天的业余时间

聚在一起

晚上在各自的房间里做着各自的梦

就像小山北麓的人工瀑布

固定时间流泻和关闭

她们来自不同的城市

一如院子里的树木来自不同的山间和苗圃

我看见一位女士拿着微信传来的

小外孙的视频给姐妹们看

引起一阵啧啧声

岁月无一不在她们的脸上留下痕迹

但不曾听到她们谈论往事

她们远离往事发生之地

语言变得纯净

拍照

我看见一个中年男子

在用手机

对着一株红枫拍照

这株红枫有福了：

它将由短暂变成永恒

若干年后，当它临近干枯时

它或记起曾有一个人为它拍照

身着冲锋衣

在傍晚时分

蹩脚的谱曲者

七个音符依次排列

由低音到高音

再由高音到低音

老师如此教孩子们识简谱

而合着节拍，把它们弄乱

作曲家谱成动听的曲子

就像这样，你把生活弄乱——

老年的身体安装上青年的眼睛

在春天想着冬天

在冬天记着夏天

把未来挪到现在

把现在搬到过去

在白天寻找天上的星辰

在晚上用词语亲吻土地

一个弄乱的行家

一个蹩脚的谱曲者

幸福时刻

我和女儿坐在一家星巴克的咖啡馆

小外孙在身边玩耍

我慢慢地啜饮着咖啡

浓郁的纯美式

上午的阳光特别地灿烂

天特别地蓝

此刻的我处在一个美丽的景象之中

此刻的幸福向前一个幸福学习——

它是个优等生

纬度的不同

南方的一位朋友在电话里告诉我：

多数的叶子还挂在树上

我对他说：多数的秋日还挂在嘴边

太阳直射点在南北回归线之间

来回地移动

像老式落地钟的钟摆

从夏至开始

它转过身去向南，向南

身后将留下一片冰天雪地

因纬度不同

你的话语柔软

我的生硬

幻想的行家

我是个幻想的行家
清晨，我依偎在床上
盛装的晨曦
开始增加和减少的游戏

我想象着：
身处一处秘境
树木四季常青
时间在这里消失
我在存在与不存在之间

57岁，接下来是什么？

我时常幻想

在安闲时

甚或在嘈杂的人群里

无法完美

你的话语沉重

转而轻松

慢慢地抬起头来

就像加拿大与美国的交界处

魁北克和安大略南边的深秋时节的天气：

在冬天来临之前，忽然回暖

宛若回到夏季

我们的人生太短暂，无法完美

倘若时间再多一些

再多一些

你的脸夹在现在与过去之间

它们一如做月饼的案板和模子

名字

一些名字
永远留存在关于某个年代和某个地方的
记忆之中
记起时
恍若昨日

一些名字
只剩下名字
它早就独立

一些名字

记起时会绕开

就像一位老船长

熟练地绕过密布暗礁的海域

你似乎时常思索

你似乎时常思索
犹如罗丹的那尊雕塑
你看不到历史
你想到的总是目力所及的东西
比如时间的流逝
爱与死

距离是治疗意志、痛苦的良药?
但另一种东西始终潜伏着
至今没有得到命名
或以间接的命名

白鹭

一群白鹭优雅地漫步
在水草丰茂的湿地上
橙黄的喙，粉红的腿，尖尖的头
羽毛如云的颜色
它们天使一般飞起，又落下

我们少有悠闲的时光
一个流泪的真实
我们悄然离开
尽管一种渴望潜藏在这画面之间
尽管我们的心想寻找一个出口

等待

身处山后的一间居室里

初冬山体的气息从打开的窗户涌入

混入咖啡的内部

绛紫树叶的石楠的树冠上开着

细小的白花

红枫的火焰给视觉一丝温暖

木瓜的叶子绿黄相间

山腰的薄雾缥缈着秋天的残梦

我等待满月从东边的山脊上升起

等待雁阵在天空飞过

等待蟋蟀微弱的叫声传来

在等待中等待

如同泊在港口的船上卷起的帆

在海边

临海的绿树丛中的旧建筑

一座时代的遗物

它保存了下来，供人们游览

人们从褪色的地板、家具、摆设的物件上

捕捉一些历史的碎片

墙上挂着的黑白老照片

装聋作哑

我站在海边，在这遗物的附近

海浪涌来又退回

卷走了海滩上的贝壳、卵石

人们嬉戏时的脚印

海滩又平整如初

在光中

我们沿着河行走，在光中

当光降落在河面

缓缓流淌的河

像一条闪亮的路

当光降落在平展展的原野上

命名了它降落的事物——

芦苇、柽柳、庄稼、果树

我们沿着河行走，在光中

巴颜喀拉山离我们很远

遥远的古代离我们很远

而河边的绿茵茵的野草

离我们很近

日子离我们很近

自卑

你最好喜欢自卑
因为它与你在一起
当你把自己分成两半时
它暂时地离开你

你怯于与人交谈
害怕做错事
你需要别人的指点
就像天气预报，它告诉你：
大风、有雨，或晴转多云
你据此增减衣服

此时，你站在海边

看浪花如何迸裂

在黑色的礁石之上超越自己

你自知你不能

你最好喜欢自卑

因为它与你在一起

生活仍在继续

父亲的忌日停止了

他对于过去的一遍又一遍的回忆

而开始了我对父亲的回忆

父亲平静地离开了我们

就像今年的春天悄然离去

我正在改变着自己

自你离开后，父亲

我向孔子、老子学习智慧

淡然地去看待一切

微笑着与人交流

不再从别人的眼里去看自己

岁月也在改变着我，父亲

我的头顶生出白发

面部开始松弛

但生活一如从前

仍在继续

眼睛

眼睛——造物主专为观看而设
看见美的，也看见丑的
那么，把你的眼睛变成取景框
像摄影师那样：
把镜头对准开着繁花的枝头
选好角度，拉近，聚焦
把残枝败叶虚化，变模糊
然后按下快门
如是，你记忆的头脑
就像一本精美的儿童画册

倾听

像柏拉图构建完美的城邦
我构建完美的夜晚
可是，在完美与不完美间
我的位置在哪里？

我们在海边时
我听到他们在议论我说：
“他在思索柏拉图的‘是’与‘不是’”

我在倾听有节奏的
完美的海浪声
他们没有察觉

快乐的方法

所谓逆向思维
就是反着想

如此，我把时光的流逝想成时光的延续
把挫折想成顺利
把缺憾想成圆满
把失去想成得到
把苦涩想成甜蜜
把鄙视想成赞美
把疏离想成亲近
我将永远快乐

秩序

我的外在大致整齐
脸上的五官、双手、双腿都各就其位
秩序稳定

我的内在混乱
甚至发生战争
它用愤怒撞击我的头颅
用痛苦扭曲我的脸庞
也许它会变得井然有序
在期许的时日里

梦

轻盈的手
开凿潜意识的泉眼
或撕开
早已愈合的伤口

你醒来又睡去
梦继续它的工作
开凿或撕开

看似

院子里这片三叶草和这株
海棠眼里
他看似是个诗人

他在它们旁边
时常说出一些含糊不清的碎语
他有时坐在沙发里去造访
年代久远的人物——
从一本历史书籍中
他的思维跳跃
就像一只鸟儿从这根树枝上
跳到那根树枝上

他能预见

春天将诞生在冰雪消融处

现在，就在此刻，他思索

地球为何不是静止的

地平线为何是一种视觉的错觉

以及在野草的语言里

我们是什么词类

他看似是个诗人

他的诗像一个笑声

迅速消失

河流

它比我们的身体还古老
蜿蜒曲折，一如人类历史
在开阔的视野，你可
看到它的转弯

此时，它沉缓地流淌
温顺地把脸贴在
太阳晒暖的土地上

它的声音回旋

像一个音乐的主题

有时它不在我的视野里

它在灵视之处

在一次闪光中

宇宙起源于大爆炸
在一次闪光中
神秘之光变成了物理之光

宇宙把人创造出来
让他们在短暂的生命中
去揭示永恒

重回到老子道的命题
它导引我们寻求众妙之门

我感到，我像一枚苹果

沉甸甸的充满时间

且与牛顿爵士的万有引力垂直

80年代

风自南方扑到我们身上
在偏居一隅的北方小城里
我走上街道时
穿着喇叭裤
边走边听邓丽君歌曲
蓄着长发或烫发的摩登的青年男女
从我身边擦肩而过

我一身并不入时的打扮：
穿着深色的中山装
梳着分头
手腕上戴一块花60元钱买来的手表

目光却很年轻

由多彩的丝线织成

从我里面一条路延伸出去

直至远方

直至外面的世界

发明

假如我们没有思想
就没有痛苦
当我看到东方白鹳失去伴侣
痛苦地尖叫时
我知道我错了

或许这样一种方式可以做到——
永远不长大，永远处在幼年

可惜，我们是如此好的一种发明：

一年年长大，骨骼一年年变粗

懂得去爱，懂得去恨

不会停下，也回不去

在几十年相同又各不相同的光阴中

旅途上

旅途上三四个旅行者当中
有一个人总是无心游览
在蓝绿色山脊的陡坡上
他俯身向一朵花朵
似从中寻找到某种启示

大巴车载回的人们
他们一起看到同一风景
但每个人看到不同的未来

回到住处的三四个旅行者当中

有一个人总是伫立窗前

他的头脑中，词语在繁殖

犹如石阶上雨后的青苔

近处及远处，他的身体和脸

一同融入暮色

生活

生活把我们固定在一个地方
此时，我们暂时离开它
身处同一季节而不同风景的另一个地方
这里的山风轻拂
我们可以用整个身心呼吸

因了山谷的美好之故
我们愿意让脚步停顿下来
这里的山峦、树木、阳光让我们迷恋
夜晚，夜色闭合
我们收藏起快乐
明日将重回到生活把我们固定的地方

后记

这本小册子，收录了我自2019年下半年至2020年底写作的作品。这些篇什，是对记忆的留存，也是对自我的解剖。我在时间的回溯和现实的思索中，得到拯救和宁静。

写作诗歌，对于我，乃勉力而为。但我热爱诗歌，这是我生命的一部分。我听从于灵魂的召唤，并在写作过程之中，对灵魂作出反观。我们生活在时间之中，时间永不停歇地流逝，我们总是不断地向过去的生活告别。由此，诗歌被赋予一种仪式感，带有了一定的神圣性。我们需要安放我们的心灵，诗歌恰是一种安放的容器。

学习写作是件愉悦的事。我阅读过国内外著名诗人的一些作品，从中得到了不少的滋养。我读不同风格的诗作，而往往偏爱这样的诗作：直接剪取日常经验的事情或场景，既有深层含义，又有连贯的表层意象；语言澄澈，纯以意行，不假雕饰，天然质朴；气象上不疾不厉、不骄不躁、深沉开阔。我于写作中，构思是有的，亦讲究些语言方面的朴素和语调的平和，但似乎没有一种“诗观”的东西在统摄，只是从心所欲而已。我的写作大概属于一种“中年书写”；至于艺术性，自知差得很远。这些篇什都是短章，于鸿篇巨制，实无驾驭的功力。

我的一些诗友、诗评家给予了我切实的指引和很多的鼓励；正是他们，使我能在诗歌跋涉之旅中不懈前行。

在这本小册将面世之际，我心怀惴惴，并期待着读者给予批评和指教。